吾が愛する妻 千恵子の罵詈雑言録

多駄いきてる
TADA Ikiteru

文芸社

序

一九四二年（昭和十七）、戦中、千恵子の家は我が家の斜め向かいにあった。

千恵子がジャジャ馬であることは最初からわかっていた。幼少の頃の千恵子は、三歳も年上の私に向かって、

「ダメ！　それチェコの！」

と言って私をはねのけたりした。

私は千恵子の姉の幸子ちゃんとは一緒に保育園に行っていた友達で、その下に元気のいい妹がいるな、くらいの認識しかなかった。

私の家は戦後に引っ越してしまったが、その後も家族ぐるみで付き合っていた。千恵子の家は越後屋という食堂をやるようになり、私が成人してから訪れると、千恵子は大きな図体をして風を切って料理を運んでいた。明るい子に育ち、食堂の看板娘に成長していたのだ。顔はお月様のように丸く、白黒ハッキリ言う性格。家族に反対さ

れたそうだが、私の嫁になってくれた。心は本当に優しい人であるが、思ったことを何でもズバリ言う。それは今も変わらない。強い星のサソリ座の女である。私はよく腹を立てた。

私のことを「遊び人、道楽者」と言ってはばからない千恵子。決して心から言っているとは思わないが、私を褒めるということはしない。

千恵子は四人の子を産み、私の始めたキュービックプリントという、当時はまだ海の物とも山の物ともつかぬ曲面印刷業を、四十年以上にわたり協力してやってきてくれた。それも、私は六十五歳をもって引退し、仕事は全部長男に引き継いでもらった。

私は引退後は、百二歳で亡くなった母の介護と、生まれてきた孫の子守りをやっていたが、千恵子はその後も会社の仕事を最近まで続けていた。だから私に対しては、

「一銭も稼がないでただフラフラして、この遊び人！」

と平気で言った。その言葉は、人間的にまだまだ未熟な私の胸にグサグサ突き刺さった。

そんな千恵子の数々の罵詈雑言を、内緒で書き留めることにした。いつの間にか、

次は何を言いだすかと楽しみになった。
そして月日が経ち、私の七十七歳の祝いを子供たちがやってくれたとき、その罵詈雑言の一端を皆の前で少々披露した。例えば、
千恵子「いってらっしゃい。ずーっといってらっしゃい」
私　「ご主人様が帰ったよ」
千恵子「どちらのご主人？　うちにはご主人様はいませんよ」
子供たちは面白がってくれた。私がよく行く接骨院の先生にもバラしたら、生活感があって面白いと言われた。

そうこうしているうちに、私もあと五ヶ月で八十歳になる。そろそろ世間で言うところの〝終活〟の年齢だ。どうせ私の持ち物はすべて棺と共に捨てられる運命なので、整理し始めた。
千恵子の罵詈雑言を書き留めたものは、ノート三冊半にもなっていた。よくもこんなに書いたな、と自分でびっくりした。

読んでみると、やはり大変面白い。

そこで、ボロクソに言われ、それに耐えた自分の記念、また二人の生活の歴史の一部にと、本にまとめてみることにしたというわけだ。

楽しくなければ人生じゃないと思っている私。そんな近頃の私の思いを表現してくれている、私の好きな漢詩一題を載せて、我が妻千恵子の罵詈雑言名言録の序としよう。

酒に対す　　白居易《はくきょい》

蝸牛角上《かぎゅうかくじょう》　何事を争う
石火光中《せっかこうちゅう》　此《こ》の身を寄す
富に随《したが》い貧に随い　且《しばら》く歓楽す
口を開いて笑《わら》はざるは　是《こ》れ癡人《ちじん》

もくじ

1

食卓の風景

味噌汁①

私　「味噌汁に、シジミ入ってるのか？」
千恵子「そう、シジミのエキスがいいの。たまには違ったものにしようと。お父さんは大根しか知らないでしょ。そういう料簡の狭い人と住んでるんだから、大変なの、私は」

味噌汁②

千恵子、味噌汁を持って歩いているとき、つまずき転びそうになる。

「お父さんの頭にぶちまけりゃよかった。こんちくしょう！」

味噌汁③

千恵子「味噌汁飲んだの？」
私　「あっ、忘れた」
千恵子「じーじーになったね」
私　「ばーばーになったくせに」

味噌汁④

私　「味噌汁のカスまでよそったら、次郎がかわいそうだよ」
千恵子「カスじゃないわよ、おかずだと思えばいいじゃない。カスはあんたよ！」
私　「俺はそんなひどいこと、面と向かって言えないよ」

千恵子「私、言えるわよ」
千恵子は世界一の幸せもんだな……。

牛乳①

コップ一杯の牛乳が机の上に置いてある。
私「それ、俺のか？」
千恵子「違うわ、次郎のよ」
私「亭主様のは？」
千恵子「この家に亭主はいないわ、居候なら一人いるけど」

牛乳②

千恵子「カルシウム入り牛乳、これ、お父さん飲まない方がいいよ」
私　「なんで?」
千恵子「自分のことできない人だから。長生きしたら一人になっちゃうでしょ」
私　「ご親切に心配してくれて、誠にありがとうございます」

アイスクリーム①

千恵子がアイスクリームを食べている。
私　「俺にもくれよ」

千恵子「お父さんは昨日、アイピーとあずきのアイス食べたでしょ。毎日食べる必要
　ないでしょ」
孫のアイピーが来た。
「アイス食べていいわよ」

アイスクリーム②

私　「アイス、もう一個食べたいな」
千恵子「何言ってんの、貧乏人のくせに、こんな高価なもの二個も食べさせるか」
私　「すいません、大変高価なものをいただかせてもらいました」

台所で①

千恵子「お父さん、どいて、そこ早く」
私　「俺だって人間なんだからな」
千恵子「人間ってことぐらい知ってるわよ、どうしようもない人間だってね！」

台所で②

千恵子「あんた邪魔、どこかへ行って」
私　「主人に邪魔とはなんだ」
千恵子「主人と思ってないもん。誰が主人なの？　北山さんちでも行きな」

私　「北山さんへお前が電話すりゃいいじゃないか。お父さんが邪魔だから引きとって、って」

千恵子「…………」

今日は朝から天候が悪いので、千恵子が暗い。私、黙って二階へ行く。

台所で③

千恵子、台所に私のあとから来て。

千恵子「邪魔だからどいて！」

私　「俺が先にいるんだからな」（お湯を沸かしていた）

千恵子「それでも邪魔なの」

そう言って私の味噌汁をよそう。

朝食①

千恵子「シラスなかった?」
私　「なかったよ」
千恵子「あるじゃない」
私　「どこに」
千恵子「ここー、この下に。つまんないことばかりやって、すべてバカなんだから、私は大変よ」

朝食②

私　「冷蔵庫にカレー、入ってたよ」

千恵子「冷蔵庫に入れてあるのっ！」
私　「食べなきゃ悪くなるんだろう？　ああいうのは」
千恵子「わからずやだね！　だから冷蔵庫に入ってるんでしょ」
私　「だから入ってたって言ったんじゃないか」
この夫婦は、朝から一言言うと、喧嘩の始まり始まり。

食後

食べ終わった茶碗や皿などを、私が台所へ持っていく。
千恵子「赤い雪が降るわね」
私　「うん、見てみたいと思ってね」
千恵子、台所へ行き、私が食器を下げただけで、洗っていないのを見て。
千恵子「やった振りして、このクソおやじ！　黒い雪が降ってくる！」

熱いお茶

私は新聞を読んでいた。

千恵子「はい、お茶」

私は新聞を読みながら、お茶を口に含む。

私　「アチチッ、プー！　こんな熱いの、なんだよ！」

千恵子「気をつけて飲めばいいでしょ！　それじゃ、いつも水でうめろって言うの？
まずいじゃない。もう入れてやらないから、ボケ！」

私　「楽しい漫才やってんじゃないよ、俺は真剣なんだ」

夕飯時

千恵子「ごはんがいい？　ソバがいい？」

私　「ソバがいい。あなたのソバがいい」

千恵子「めいわく、めいわく」

料理

私　「千恵子は長く生きてくれよ」

千恵子「なんで？」

私　「こういうおいしい料理が、いつまでも食べられるから」

千恵子「お父さんは早く死んで！　作らなくてすむから」

中華料理

千恵子「明日は子供たちが来るから、中華の出前でもとろうと思うんだ。ギョーザと春巻きにしよう」
私「八宝菜、酢豚、牛肉のチンジャオロースとか」
千恵子「レバニララーメンも頼むわ」
私「レバニラは最高。体にはレバニラが一番」
千恵子「子供たちが食べるんだから。あとから出てきてごちゃごちゃ言うんじゃないの。お父さんはなんでもいいから食べりゃいいの」
私「戸〇ヨットスクールみたいだね、うちは」

豆腐の話

千恵子「絹ごしも木綿もわからないの？　それくらい覚えときなさい」
私「これは絹か？　そうだな、鳥の足が何本とか、太陽は西に沈むとか、そんなこと知ってたってしょうがないよな」
千恵子「そうよ、太陽なんてほっときゃ自然と沈むわよ」
私「そうだな、やっぱり絹と木綿を知っておく方が、生きていくためには大切だな。男はつまんないこと勉強したつもりになって、偉ぶってるもんな」
千恵子「女は偉い！　ああ偉い！」

梅干

私「梅干、ないぞ」

千恵子「一日ぐらい食べなくても死にゃしないわよ。梅干ぐらいで大騒ぎするんじゃないわよ」

私「梅干がなくなってるから、知らせてやったんじゃないか。言いたい放題言うね」

千恵子「言いたい放題じゃないわよ。あんたなんかお義母《かあ》さんと一緒にやりたい放題、金使いたい放題やってるくせに」

私「だから俺は小さくなって、お天気の日にも肩をすぼめて生きてるじゃないか」

千恵子「全然すぼめてないじゃないの！」

モナカ

千恵子、四つ割に筋の入ったモナカを出す。

千恵子「ちゃんと割らないと喧嘩になるね」

私　「子供じゃないんだから」

千恵子「子供以下でしょ」

贈り物

千恵子「山本さんから何か送ってきたよ」

私　「焼酎だよ、昨日聞いた」

千恵子「重いから、甕なんかに入ってないの送ってって言うんだよ」

私　「焼酎を中身だけ送れって言うのかよ」

私は包丁で柿の皮を剥いている。四つに切って、あと二つ剥いていない残りがある。

千恵子「包丁貸して！」

私　「買ったのあるだろう」（剥き続けている）

千恵子「新しいのまだ使う必要ないでしょ、貸して」

私　「買ったの出して使えよ」

千恵子「バカヤロ！」

部屋を出ていった。

2

朝っぱらから

のんびりしていた朝

千恵子、会社の雑務をこなして家に戻ってくる。私がトイレでゆっくり本を読んで出てきたら、千恵子が私の顔を見るなり言った。

千恵子「世の中から遅れるわよ！　もう遅れてるか」

私　「競争社会が過ぎるから、受験の問題とか、ドーピング、談合とか悪いことを起こすんだ」

千恵子「そんなの関係ないじゃない。遅く起きた人は、冷めた味噌汁を温めたりしないでそのまま飲むの」

私　「貧乏人は麦を食え、と言った人がいたけど、それと同じじゃないか」

千恵子「そのとおりよ」

夕べは

私　「お前、夕べはグーグーよく寝てたね」

千恵子「そうよ、疲れてるんだから。あんたみたいに昼間フラフラしてるんじゃないんだから。お金やるから黙ってな」

私　「なんにも言ってないじゃないか！　俺は置物じゃないぞ」

忙しい朝

私　「次郎、こんなに早くから仕事なのか」

千恵子「忙しいのよ。あんたみたいに暇人の居候じゃないんだから。

これ、干しといて。それから、二階に行ったら、私の代わりに仏様にお参りしておいて。私、忙しいんだから」

私　「（仏壇に）これは私の分、チーン（鈴《りん》を鳴らす）。次は千恵子の分、チーン。千恵子の悪たれが直りますように。南無阿弥陀仏、南無阿弥陀仏」

お坊っちゃんの朝

千恵子「もっと寝てなさい、起きなくていいから」

私　「起きて食事をするよ」

千恵子「食事、できてたでしょ？」

私　「ウン」

千恵子「お坊っちゃんなんだから」

私　「お坊っちゃんが孫と遊んでやるかい」

千恵子「お坊っちゃんだって子供と遊ぶわよ！」

看板

千恵子「いってらっしゃい。警察の世話にならないようにね。『私は与太者《よたもん》です』って看板ぶら下げて歩きなさい、人にわかるようにね。私に迷惑がかからないようにね」

私　「『私が行き倒れても、千恵子にだけは知らせないでください。お願いします！』って看板下げていくから大丈夫、安心してろよ！」

朝寝坊

私　「時計が狂ってて、一時間寝過ぎちゃったよ」
千恵子「あんたの頭が狂ってなきゃいいわよ」
私　「自分の方がこの頃、狂ってるくせに……」（千恵子に聞こえないように）

3

急いでいるとき

師走

私　「先生が走ってる、師走だね」
千恵子「何言ってるの？　遊び人が走ってるだけじゃない」

プライバシー

トイレにて本を読んでいて長くかかった日。
千恵子「早く出て」
私　「プライバシーが唯一守れる場所じゃないか」
千恵子「そんならもう一つトイレ作って、そこでずーっとプライバシーしてたら？
　私、助かるから」

時に優しい(?)女房

千恵子「急ぐのはいいけど、あわててひっくり返って死なないようにしなさい」
私「死ぬわけないだろ、お前に喜ばれるから」
千恵子「今死んだら、そのまま葬儀社に預かってもらうから、うちに帰ってこないで」
私「ドライアイスが必要ない時期の方がいいよな。俺は桜の咲く頃がいいよ、西行を見習って」

急いでたから

千恵子「おせんべいの缶、蓋がちゃんと閉まってないよ」

私　「急いでたんだよ」
千恵子「そんなに急いでるの？　そんなら早く急いであの世へ行っちゃいなさいよ」

忙しい日

私が家に帰ってきてすぐ。

私　「あー、もう一回行かなきゃ」
千恵子「何あわててるの、のんきな人間が。帽子くらい脱いだら？」
私　「忙しいんだよ！」
千恵子「そんなに忙しいんなら、私が帽子、脱がしてやろか、毛も一緒に！　三本残ってりゃいいんでしょ」
私　「のんきな父さんだからか⁉　バカモン！」

4

洗濯をめぐる攻防

山で着たチョッキ

私が山で一日中着ていたチョッキを、洗わずに干しておいた。

千恵子「なぜ洗濯しないの？　変な人ね、しつけがなってないのね」

私　「千恵子のしつけが悪いんじゃないか」

千恵子「私、しつけなんかしてないもん。諦めてるの！」

ズボン

千恵子「お父さんのズボン、汚いから手洗いしなきゃ」

私　「洗濯機を使えばいいじゃないか」

千恵子「あんたと同じでゴミがいっぱいついてるの！」

私　「あっそう」

千恵子「毛布洗濯するから、下（一階）へ持っていって」

私　「クーッ」

千恵子「クーッ、じゃないの。ただハイと言って持っていけばいいの。あんたが洗うわけじゃないんだから」

私　「クーッだ！」

たくさんの洗濯

千恵子「洗濯もの、こんなに出して！」
私「雨で濡れたからな、昨日」
千恵子「自分でやることを覚えなさい。それと、雨の日は不要不急の外出はひかえること。お父さんのは全部不要不急でしょ」
私「それじゃ、家の中にじーっとしてるのかよ、冬眠中の熊みたいに」

漂白剤

私「塩素のにおいがする」
千恵子「襷とか帯、漂白したから。鼻がいいわね、頭悪いけど」

私「お前は何でもよくやってくれるね、一言多いけど」

洗濯屋さんに出した着物

私「洗濯屋さんから上がってきたかな、急いでるんだけど」
千恵子「着物なんて洗濯屋さんに出して、貧乏人は貧乏人らしくしなさい。無駄だったらありゃしない。洗濯屋さんへ行って謝ってきなさい」
私、洗濯屋さんへ行く。
私「急いでるんですけど、できましたか？」
洗濯屋さんのおやじ「奥さんに納めてきましたよ」
ひどい女房だよ。

パジャマと枕カバー

千恵子「お父さん、パジャマの背中、シミになってるわよ」
私　「夜暑くて汗かいて、少し湿ってるから干すよ」
千恵子「洗濯機で洗えば？　枕カバーも茶色くなってるじゃない。一緒に洗って」
私　「どうやって外すんだよ、どこかに外すところあるんだろ？」
千恵子「あるわよ、必ず。そんなことも知らないで、生活力ゼロ」
私　「お前の枕カバーだって汚いだろ、見せてみろよ」
千恵子「私のはいいの、他人なんだから人のことかまわないで」
千恵子はそう言ったあと、またスヤスヤ寝てしまった。

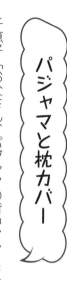

シャツの襟汚れ①

シャツの襟が汚れている。

私 「洗ってもいいよ」
千恵子「そういう言い方ないでしょ」
私 「洗ってくださいませ」
千恵子「髪に油つけ過ぎなんじゃないの?」
私 「油なんかつけてないよ。若いから皮脂《あぶら》が活発に出るってこと」
千恵子「へー、鏡見たことあるの?」

シャツの襟汚れ②

千恵子「また毛布の掛け方、逆。何回言ったらわかるの？　もうバカには言わない。なんでシャツ、そのまま洗濯機に入れるの？　襟を手で洗ってから入れるのよ。また洗わなきゃならないじゃない。偉そうな顔して、こんな汚いの着ていくの？」

私「んー」

千恵子「んー、じゃわからない！」

私「かつおぶし、どこにあるの？」

千恵子「床の下」

私、床下収納から出そうとする。

千恵子「やめな。また散らかすからそのままにして！」

5

テレビを観ながら

マイナス百点

テレビ番組『新婚さんいらっしゃい！』を観ていたら、お互いを百点と評価していた。

私　「俺はマイナスか？」

千恵子「そうね、マイナス百点じゃかわいそうだから、マイナス九十点にしとくわ！」

誰だっけ？

ドラマ『渡る世間は鬼ばかり』を見ている。

私　「あれは誰だっけ？」

千恵子「泉ピンコでしょ！」

私　「それは知ってるよ、男の方」
千恵子「佐藤B作。それくらい覚えなさい、くだらないことばかり覚えないで」
私　「俺、そういう大切なことは覚えてないけど、『未曾有《みぞう》』なんてくだらない漢字読めちゃうから、総理大臣には絶対なれないよな」

刃傷事件

私　「最近は刃物の殺傷事件が多いな」
千恵子「お父さん、私に殺されないようにしなさい」
私　「だからこの間は、防刃チョッキ探してたから遅く帰ってきたんだ」
千恵子「酔っぱらって帰ってきたけど、どこまで探しに行ってたのよ」
私　「いろいろ探したんだけど、どこにもなくて、ヤケ酒飲んじゃったよ！」
千恵子「バカモン！」

私　「もう殺されてるようなもんだよな、お前の言葉の刃に」
千恵子「お互いにね！」

小朝さん

千恵子がテレビを観ている。
私　「小朝か。変な髪型してるから、俺は嫌いだよ」
千恵子「うるさい、静かにして！　もっと寝てればいいのに。それに、あんたに好きになってくれなんて小朝も言わないわよ。若い子にモテればいいだけよ！」
私　「それに、百歳のおばあさんか？」

北杜夫さんの奥さん

千恵子「北杜夫さんの奥さんって偉い人ね。私はあんたをバカにしてるけど」
私 「バカにされてるどころじゃないよ。これ以上バカにされようがないほどじゃないか」
千恵子「あら、そう？ お父さんは私が何か言い出すと、『また始まったか』って思って聞いてないでしょ」
私 「そうだな、私は鯉のぼりだからな、筒抜けなんだよ」

浮気

アメリカの有名女優が激痩せした原因は、夫の浮気だとテレビでやっている。

千恵子「私がいつまでも痩せないのは、あんたが浮気しないからよ」
私　「それじゃ浮気してやるよ、相手を探してくれよ」
千恵子「バカね、私にわからないようにやるのが浮気でしょ」

寒中水泳

ニュースで真っ先に水に飛び込む人を見て。
千恵子「お父さんは、人のを見てから飛び込んだ方がいいわよ」
私　「そうだな、俺は向こう見ずなところがあるからな。そろそろオッチョコチョイをやめるようにするよ」
千恵子「今やめたら、また長生きしちゃうじゃない」

ためしてガッテン

私　「小野文恵アナは、『ためしてガッテン』やってるけど、いつもニコニコしていて賢そうには見えないな」

千恵子「バカのように見せてるけど、本当は利口なのよ。あんたのは本当のバカ。あんたは何でも高いもの買うの好きね、人間は安いのに」

杉山愛

私　「あれ、テニスの人じゃないか？　コマーシャルに出てるよ」

千恵子「杉山愛、あーやって金稼いでるんだ。お父さんも剣舞でああなってよ」（私は剣舞を習っている）

私　「出られるわけないだろ。だが待てよ、九十歳になってから花咲く人もいるからね」

千恵子「だから剣舞やるの許してやってるんだから」

天気予報

千恵子「ウルサイ！　テレビ消して」

私　「天気予報見てるんだよ」

千恵子「あんた、農家やってるわけじゃなし、消して早く寝なさい」

私　「お前だって明日の天気、気になるだろう」

千恵子「ただフラフラしている人には必要ないでしょ。天気予報は農家の人にこそ大切なものなの！」

旅番組

外国人が四国お遍路する番組を観る。

千恵子「お父さんもお遍路に行ってきたら？　イギリスなんて行かないで。ずーっと行ってきて。行き倒れでもいいわよ、私も楽になるし」

私　「飯代がかからなくなってかい？」

千恵子「それだけじゃないの、すっきりするから」

私　「かわいそう」

千恵子「誰が？」

私　「俺が」

千恵子「ゼンゼン。いい気味。ワッハッハッハッ」（うれしそうな顔）

夫婦の殺人事件①

妻が金属バットで夫を殺したというニュース。

千恵子「バット、どこで売ってるのかしら?」

私　「バット買っても、きちっと当たらなければダメだぞ」

千恵子「ああ、そうね」

夫婦の殺人事件②

千恵子「殺されないようにしなさい。いろいろ溜まってるんだから!」

私　「本望だよ、お前に殺されるなら」

悲しい会話……。

暴走老人

高齢者が車の運転中に脳梗塞で意識不明になり、人をひいてしまったというニュース。被害者は四十五歳。

千恵子「四十五歳の人、かわいそう」

私　「もし俺だったら？」

千恵子「ああ、よかった！」

園遊会

千恵子「お父さん、園遊会へ呼ばれても私は行かないわよ。テレビで、夫婦同伴が習いだって報道してたけど」

私　「呼ばれるわけないじゃないか」
千恵子「わからないわよ、なんでも間違いってあるでしょ」
私　「俺、友達に言っとこう。俺の悩みは園遊会に呼ばれても女房が来てくれないことだって」
そして後日。
私　「この間の仲間の会合で園遊会のこと話したら、みんなも園遊会のこと、心配してるんだってさ。だから会則を作ったんだよ。『園遊会に呼ばれても断ること』って。理由は、着ていく服がないから」
千恵子「あんたの会なんなの？　ご苦労さんだね」

6

外出時と帰宅時

老人ホームの支払いの帰り

化粧品屋さんの家がきれいに塗装されていた。

私　「この家、しっかりやってるね。家を化粧して、やる気充分だね。我が家も襖を直したし、うちもやる気充分だね」

千恵子「壁も直そうって言ったら、あんたが先に延ばそうって言ったじゃない。たいしたお金じゃないのに！　おばあちゃんの老人ホームの支払いは、その何十倍も払ってるくせに。しかも、それよりあんたは飲んだり食ったりやりたい放題に使ってるくせに」

私　「……今日は天気いいね。川の水、きれいだね」（たいして使ってないよなあ……）

散歩へ

私　「散歩に行こう」
千恵子「行かない。行ってらっしゃい、静かになっていいから、ずーっと行ってらっしゃい。帰ってこなくていいから」
男に心臓病が多いわけがわかった気がする。

土手を散歩する

私がひと休みしているうちに、千恵子はずーっと先に行ってしまった。
私　「千恵子、速いなー」
千恵子「私は後ろ見ながら来たんだけど」

私　「ほんの少し立ち止まってただけだと思ったが、こんなに差がついてしまったよ」
千恵子「だから、お父さんはいつも少しずつ勉強してるから差がついちゃった。私は止まってるから」
私　「やあ、昔はもっと利口だったと思うけど、年とったらバカになっちゃったみたい」
千恵子「私といたから」
私　「……千恵子はよく働いてくれてるよ」

二日酔の罪ほろぼし

飲みに行って遅く帰った。千恵子、ふくれている。
次の日。

私　「ビールと酒、買いに行くよ」

千恵子、一笑して、

「変わったことするのはやめな。事故でも起こるから。あんたは私の介護なしでは生きられないんだから！」

ふくれっつらしたその夕方には、私の甚平のほころびを縫ってくれた。

深夜に帰る

千恵子、寝ている。私、枕元でよろめいてガタンと大きな音を立てた。

千恵子「うるさい！」

私　「ドロボーじゃないから、大丈夫！」

千恵子「ドロボーより悪い」

そう言ったあとグーグー寝てる。なんたる寝言。

ドロボーの方が私よりましとは……。

ずーっと行ってらっしゃい

私　「ちょっと木屋さんまで行ってくるよ」

千恵子「ずーっと行ってらっしゃい。昼食べてきなさい。夜も帰ってこなくていいから」

私　「帰ってくるよ、自分の家なんだから」

千恵子「暖房費二万円もかかって！　お父さん暖房三つもつけるから、かかり過ぎよ。我慢が足りないんだから！」

私　「寒いのに我慢するのかよ。この家は我慢大会の会場かよ」

私の帰宅

千恵子、部屋で夢中で内職をやっている。
私、戸を開けて黙って家に入る。
千恵子「玄関開けたらすぐに『ただいまー』って言ってよ。いやだったら隣の家へ行って」
私「そういうわけにはいかない。隣の家に用もないのに行ったら、『多駄さんボケ始めたね』って言われちゃうよ」

千恵子の帰宅

千恵子、買い物から帰る。私、奥でガタッと音を立てる。

千恵子「誰かいるの？」

私「ネズミだよ！」

千恵子「頭の黒いネズミかと思ったら、ハゲネズミね！」

夜帰宅

千恵子「お父さん、寒くてしょうがないから帰ってきたら早く戸を閉めて！」

私「小林さんからもらった膝掛け、どこに行ったかな？」

千恵子「誰かにやったんでしょ！　バカ女とかに」

私「バカ女なんかに、あんなもの持っていかないよ！」

千恵子「それじゃ理系女《リケジョ》なの？」

接骨院から帰る

千恵子「やっと帰ってこれたね！　いいご身分だね！」
私　「ごみぶん？」
千恵子「私の言っているのは〝芥《ゴミ》の分際〟っていうこと」
私　「うまいね！　おばんギャグ。おばばギャグ。いや、認知ギャグが正解かな」

剣舞の大会に行く朝

千恵子「ハンカチ、ハナガミ、お金、持った？」
私　「子供じゃないんだからな！」
千恵子「子供以下じゃない」

私　「じゃあ、行ってくるよ」
出ようとするが、まだうるさい。
千恵子「刀、持ったの？」
私　「あっ、刀忘れた、大変だ！」

小学校の運動会を見に行く

千恵子「ガス消した？　電気消した？　戸閉めた？」
私　「俺ちゃんとやったよ」
千恵子「もう一回見てこなくちゃ」
私　「俺を信じろよ！」
千恵子「信用できない」
私　「こんなに信用できる人、いないよ」

千恵子「お父さんを信用する人なんて一人もいない。いつもいい加減だから。ただふらふらしてるだけじゃない」

飲みに行く前に

私　「今日、飲みに行くよ」
千恵子「いつもと同じ店でしょ。自分ばっかり行ってないで、たまには違った店を見つけて、私も連れてくことできないの？　あー、サコタン（孫）、学童へ迎えに行ってね。それから飲みに行く前に、メダカ持ってってってね」
私　「ハイハイ、何でも〝すぐやる課〟です」
千恵子「ゼンゼン！　〝すぐやらない課〟です」

8.14 朝 7..

7

食べ物がきっかけで

リンゴ①

注文しておいたリンゴが届く。

千恵子「リンゴ来た、うれしい」

私「振込書で支払いしてくるよ」

千恵子「『待望のリンゴ、ありがとうございました』って書いとけば？」

私「自分で書けば？」

千恵子「お父さんの方が騙すのうまいでしょ。いつも私のこと騙してるんだから」

リンゴ②

千恵子、リンゴを箱から出しながら。

千恵子「見た目の形はいいけど、誰かさんみたいに中身が悪いんじゃない？」
私「俺の前でそういうこと言うのは、俺に言っているように聞こえるけど」
千恵子「これくらい言っても感じないんじゃないの？」
私「冗談じゃないよ、感じ過ぎてもう麻痺しちゃったよ」

リンゴ③

黄色いリンゴが台所に置いてある。
私「何これ？　黄色いリンゴ、シナノゴールド」
千恵子「なんとでも言えば？　百円ショップで買ったのよ。それに大根おろし、今からおろしてどうするの、まずくなっちゃうじゃない！　外で食べ歩いてるくせに、そんなことも知らないの？」

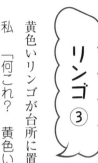

みかん

みかんを食べて手が汚れたので、私がテーブルの上で両手をぶらぶらさせて水気を払っていたら。

千恵子「手を洗ってきたら？」

私、無言で千恵子の顔を見る。「手拭きでも持ってきてくれればいいのに」という顔をして、両手をぶらぶら。

千恵子「バカ！」

あとで手拭きを持ってきて私の前に置いてくれた。

ネクタリン

私　「この果物、ナフタリンかネクタリンか……」
千恵子「お父さん、おしゃべりしない方がいいよ、ナフタリンもネクタリンも知らないんだから。親の顔が見てみたい」
私　「わかった、お前の食べてるのは〝ノータリン〟だろ。俺の食べてるのは〝おしゃべりー〟って言うんだ」

ブルーベリー

私　「ブルーベリーは俺、食べたらダメなんだって、北山先生が言ってたよ！」
千恵子「へー、なんで？」

私「背中に出来物ができただろ？　そしてブルーベリーやめたら治っただろ？」
千恵子「先生、酒もやめろって言ってたでしょ」
私「それは言ってなかった」
千恵子「言ったはずよ。じゃあ私が言うわよ」

空豆

私「この空豆、いくら？」
千恵子「四百円」
私「ずいぶん安いね」
千恵子「こんなにいらないねーって言ったんだけど、八百屋さんがくれたよ。私、空豆嫌いだもん」
私「いいじゃないか、俺は好きだよ」

千恵子「誰が他人《ひと》の好きなもんなんか作るか！」

大根①

千恵子、朝市にて大根を買ってくる。

千恵子「大根買ってきたわよ。一本、百五十円」

私　「請求書、書いといて」

千恵子「一本、千円」

私　「えーっ、千円？　高い！」

千恵子「手間賃込みよ。大根大根って騒いでるだけで何もしない人とは違うっていうこと」

大根②

私は千恵子の足を指圧してやる。

千恵子「太いでしょ」

私　「スーパーへ行ったら、その太いのを両方見せるんだよ。これと同じ太さのください って」

千恵子「そんな太いのありませんって断られるわよ」

ほうれんそう

「そんなにほうれんそうガツガツ食べないで、作った人のこと考えなさい」

次の日、私はほうれんそうを食べるのを遠慮する。

「ほうれんそう、もっと食べなさい。いつまでも食べないと悪くなるでしょ」

どうすりゃいいんだ？

千恵子「ネギがない、ネギがない、ネギがどこかへ行っちゃった。お父さん、食べちゃったんでしょ！」

私　「鈴木君が持ってったんじゃないか？」（冗談のつもり）

千恵子「なんで？」

私　「太郎の携帯持ってっちゃうんだから」

千恵子「鈴木君は何でも持ってちゃうから、そうね」

しばらくすると。

千恵子「あった！」

ネギは自分で風呂場に置いておいて、騒いでいたらしい。

ゼリーを食べる

千恵子「スプーン取って」
私　「世話のやけるおばあさんだな！」
千恵子「そんなこと言うと遊んであげないよ」
私　「そら、やるよ。体重の割合が大きさの割合だ」
千恵子にゼリーをたくさんやる。
千恵子「ああ、うれしい！」

お米

千恵子「お米ある?」
私　「あるよ、一袋。ここにもう一袋あるけど」
千恵子「ああそうか、私ボケて次の日また買っちゃったんだ」
私　「腰が痛いのに、重い思いしてよく買ってきたな」
千恵子「私の腰がこんなになっちゃったの、お父さんの悪口ばかり言ってたから、バチが当たったのかな」
私　「そんなことないよ、我慢して長い間働いたからだよ」
千恵子「私、先に死ぬから、あとよろしくね」
私　「そんなこと言うなよ。俺は喧嘩相手がいなくなったら寂しくて泣いちゃうよ」

コーヒークリーム

私　「コーヒークリームもうないよ」
千恵子「コーヒー自分で作らないじゃない」
私　「どこで売ってるんだよ！」
千恵子「死んじまえ！　めんどくさい人、やってられない！」

冷凍飯

千恵子、ラップに包んだ冷凍飯を電子レンジで温める。それを私が取り出す。
私　「レンジのご飯、熱くてラップがはがせないよ。最初にラップを外してレンジに入れておけ」

千恵子「小言幸兵衛《こごとこうべえ》、嫌われるよ」

私　「いやに難しいこと言うな」

千恵子「言わなきゃわからないから言うんだ」

千恵子、自分もラップを外そうとして。

千恵子「アチッチッ！」

私　「俺が言ったじゃないか」

ミネラル飲料水を注文する。

私　「代引だから、一万二千六百円、用意しておいて」

千恵子「あんたの体は金がかかるのね。高い店で酒は飲むし」

私　「飯は食うし、か？」

千恵子「そう、三度の飯は食べるし。食べないで稼いでくれる人、いないかしら？」
私　「そのうちそうなるよ」
千恵子「早くして」

ビール

前の晩、「ビール飲みな」と言って千恵子に缶ビールを渡した。
そして次の日。
「ビールなんか飲ますから、夜トイレに何回も行って寝られやしない。人のことに立ち入らないでよ。――お父さん、トマト食べなさい、おいしいから」
それは俺に立ち入ってるのと違いますか？

コーヒー

私　「このコーヒー、前のと違う？　なんか変な味だな」

千恵子「知らない」

私　「ただ黙って飲んでろか」

千恵子「そのとおり。講釈師、うるさいよ！」

干柿
H7. 1. 30

8

身の回りの物

傘①

私　「そんな折れた傘、みっともないよ、捨てな」

千恵子「何がみっともないの？　あんたは人間がみっともないくせに」

傘②

千恵子「また傘買ったの⁉」

私　「雨降ってきたからな。千円だよ」

千恵子「値段じゃないわよ。雨なんか降っても濡れて行きなさい。まったく、無駄なことばかりして」

私　「次郎にも濡れて行きなさいって言うのか？」

千恵子「次郎は別よ。大切な子供だもん」

時計①

私 「時間だよ。その時計、進んでるんだ」
千恵子「人間が遅れてるんだから、ちょうどいい」

時計②

私 「俺の時計、探しといて。北山接骨院へ行ってくるから」
千恵子「いつまで北山さんへ行くの？ おばあちゃんと同じ百二歳まで生きるわよ」
私 「バカにしてんのか？」

千恵子「そうよ、いつもバカにしてるもん」
接骨院から帰ってくる。
私　「ただいま。時計あったか？」
千恵子「あったか？　じゃないです。のんきな父さんなんだから」

時計③

私が117の時報に電話をかけて時計を合わせようとする。
千恵子「あんたは〝だいたいの人生〟なんだから、いちいち時計だけ合わせたってしょうがないでしょ」
私　「だいたいだから、時計ぐらいきちっと合わせておくんだよ」
千恵子「スイスで買った時計はどうしたのよ？　あんたよく買いたい物あるわね、金もないくせに」

メガネ

メガネを失くしたので、八万二千円で新しくした日。
私 「お金、持ってくよ?」
千恵子「どうぞ全部持っていきなさい」
帰宅して。
私 「メガネ、できたよ」
千恵子「もう失くさないでね」
私 「そんなこと言ったって、長い間にはまた失くすかもしれないよ」
千恵子「もう余命いくばくもないんだから、死んだらよく見えるように棺に入れてあげるから、大事にしなさい」
私 「お前は俺が死ぬと親切になるんだね」
千恵子「そうよ」

布団①

天気のいい朝。

千恵子「雅美（次女）たちが来るから、布団干しましょう、たくさん。お父さん、帰ってきたら裏返してね」

私「大変だね、感謝してるよ」（たまには感謝の言葉を言う）

千恵子「していません」

私「してるよ、きのうから」

千恵子「バッカモン！」

布団②

千恵子、布団の縁を取り替えている。

千恵子「順子さんが見たら、いやがるでしょ？」

私「ひっくり返しておけば見えないんじゃない？」（軽く言う）

千恵子「多駄家はいつも見てくれだけだから」

私「ずーっとそんなことばかり言って！」

千恵子「いつもそう思ってるもん」

私「心の中も掃除しろ、外ばかり掃除しないで」

千恵子「外も内も掃除しないもん」

布団③

布団を干す日の千恵子の言い草。

千恵子「酒飲むときばっかり一生懸命になって、自分ばっかり飲んで歩いてのほほんとして、世の中から遅れちゃうわよ、みっともない。今頃起きてきて、日がなくなっちゃうよ、布団干せないじゃない。そんな窓から出さないで、自分で持って出てきなさい！」

私「日曜ぐらいゆっくり寝かせてくれよ。出てこい、出てこいって池の鯉じゃあるまいし」

布団④

千恵子の布団と私の布団が入れ替わっていた。

私　「布団、千恵子のこっちだよ」

千恵子「そんなかたいこと言うな、どっちでもいい」

私　「枕は硬い方がいいってテレビで言ってたじゃないか」

千恵子「私の枕、中身が片一方に寄りっぱなしよ。余命いくばくもないんだからいいの！」

私　「そんなこと言うな、これからなんだから」

千恵子「そんなこと言うと、人に嫌われるよ」

千恵子、大笑い！

デジタルカメラ

私　「デジタルカメラのバッテリーって、どこで売ってるの？」
娘　「充電できるでしょ」
私　「充電器がどこかへ行っちゃったんだよ」
千恵子、娘に向かって。
千恵子「こんな人と付き合ってたら、人生終わっちゃうよ。早く帰りなさい」
私　「人生終わっちゃうって、俺が作ったんじゃないか」
千恵子「あんたは種播いただけでしょ」

Tシャツ①

旅行に出かけるために、私が着替えていたとき。

千恵子「お父さん、服あり過ぎるわよ」
私「Tシャツ、印刷不良のまで着てるんだから」
千恵子「印刷不良だって、シャツの生地はちゃーんとしてるでしょ。何言ってるの、自分が不良品のくせに」
私「よく言うなぁ」
千恵子「言うくらい、言わせてよ！」

Tシャツ②

私が北アルプスの山小屋の剣山荘で買ったTシャツを着る。
千恵子「それ、私が買ったのよ！」
私　「黄色の方が似合うな、俺」
千恵子「なにカッコつけてるの！」
そう言う千恵子はパンツ一枚で大根足を出し、何かのパンフレットを読んでいる。
私　「お前こそ、そんな大根足出して歩き回るのか？　少しはカッコつけたらどうだ！」
千恵子は黙っていた。
追記：最近は、大根が桜島から練馬になったみたい。よいことだ。

洋服

ガスストーブが効いて暖かい部屋で。
千恵子「この部屋、洋服にカビが生えちゃうよ」
私　「もう俺、カビ生えちゃったよ」
千恵子「人間はどうでもいいの、洋服が大事」

シャツ

シャツが何枚も畳に置いてあった。
私　「その薄くなって向こうの見えるシャツ、もう一回着て捨てるから」
千恵子「お父さんはシャツいーっぱい持ってるんだから」

私　「二十五年前とか、古いのばかりだよ」

千恵子「二十五年だって何年だって着れるじゃない。貧乏人のくせに、何言ってるの！　でも穴の開いたシャツはあと一回着て捨てなさい。ボロ着て偉そうなこと言えないでしょ」

私　「裸ならいいいんだよな。槍持って走ってりゃいいんだから、ヤッホーって言って」

ズボン

私　「ズボンの膝、すり切れたよ。でも縫えばまだはけるよ」

千恵子「私は縫いません」

私　「『縫います。私、失敗しませんから』でしょ！」

千恵子「失敗しました。あなたを選んだこと、失敗です」

かわいそうな私……。

いただいた紋付

私が剣舞の先生からもらった古い紋付を着たとき。

私「この紋付、汚いだろう？　みんなに見せたら『多駄さん似合う』って言われた」

千恵子「あんたがいつも掃除しないで汚いからでしょ」

私「掃除はしてるじゃないか」

千恵子「居候、四角い部屋を丸く掃き、でしょ」

私「ちゃんと掃き、でしょ」

セレブの鼻紙

私　「見てくれ、この鼻紙。新しいの」

ポケットティッシュには『セレブ』と書いてある。

千恵子「あんたの鼻のどこがセレブなの？」

私　「鼻紙がなかったから買ったんだよ。でも、そうしたらポケットから古いのが出てきたんで、まだ使ってないよ」

千恵子「そんなの関係ない。忘れたときは手でかみなさい！」

ティッシュ

私　「ティッシュ、なくなったよ」

千恵子「あっそう。使い過ぎじゃないの？」

私「鼻かんじゃいけないのか？」

千恵子「そうね！」

顔用クリーム

私「クリームがないよ」

千恵子「もうないの？　調べて買ってきてやるよ。金のかかる人だね。私なんかクリーム使わないわよ！」

私「クリームくらい使ってくれよ！」

ポマード

私が髪を整えている。
千恵子「匂うね、他に何かないの？」
私「ポマードはいやだからね」
千恵子「自分で匂わない？」
私「いい匂い！」
千恵子「いやらしい」
私「ポマードはベトついていやだからね」
千恵子「わかってるよ。うるさいね、何回も言わないの」
私「二回じゃないか。ボケ始めだからな」
千恵子「そういうときは『マダラ』って言うの。そうすれば傷つかないから」
私「いつも俺を傷つけてるくせに」

千恵子「ところで今日、何日だっけ?」

私　「これが本当のマダラ」

靴

千恵子「ホラ見て、私の靴、はげてきてるから捨てる。あんたの頭と同じで」

私　「俺を靴と一緒にしないでくれよ」

千恵子「お互いに賞味期限が過ぎたから捨てる」

私　「過ぎてないです」

リュック

私　「リュック繕ったよ。あと十年使えるよ」（私、七十二歳）
千恵子「そんなに生きてどうするの。嫌われるから早く死んだ方がいいわよ」
私　「もう嫌われてるからいいんだ」
千恵子「そうね」

鍋の蓋

千恵子「鍋の蓋、フラフラしてて落ち着かない。あんたみたい」
私　「鍋の蓋と一緒にするなよ」
千恵子「いい喩えじゃない」

電気スタンド

私が電気スタンドを消し忘れた日。
千恵子「お父さん、次郎の部屋のスタンド、消してなかったわよ！ 必ず何か忘れるんだから」
私 「スイマセン」
千恵子「くそおやじ！」
私 「お前だって忘れるじゃないか」
千恵子「私は絶対忘れません！」
千恵子だって時々トイレの電気をつけっぱなしにするし、自転車の鍵がないないって騒ぐときもある。

急須

千恵子、仕事から遅く帰る。

私　「大変なんだね」

千恵子「そうよ。変な家へ嫁に来ちゃったよ」

私　「お茶の急須はどこだ?」

千恵子「レンジの前の所よ」

私　「ないじゃない」

千恵子「生活力がないわね。ここよ!　つまんないことばっかりして!」

私　「つまんなくないよ」

千恵子「つまんないわよ」

金にならない漫才。

郵便はがき

料金受取人払郵便

新宿局承認

1409

差出有効期間
2021年6月
30日まで
(切手不要)

1 6 0-8 7 9 1

141

東京都新宿区新宿1－10－1

(株)文芸社

愛読者カード係 行

お名前《ふりがな》			明治 大正 昭和 平成 年生 歳		
ご住所《ふりがな》	□□□-□□□□				性別 男・女
お電話番号	(書籍ご注文の際に必要です)	ご職業			
E-mail					
ご購読雑誌(複数可)			ご購読新聞 新聞		

最近読んでおもしろかった本や今後、とりあげてほしいテーマをお教えください。

ご自分の研究成果や経験、お考え等を出版してみたいというお気持ちはありますか。

ある　　ない　　内容・テーマ(　　　　　　　　　　　　　　　)

現在完成した作品をお持ちですか。

ある　　ない　　ジャンル・原稿量(　　　　　　　　　　　　　　　)

書　名			
お買上 書　店	都道 府県　　　　市区 　　　　　　郡	書店名	書店
		ご購入日	年　　月　　日

本書をどこでお知りになりましたか?

1.書店店頭　2.知人にすすめられて　3.インターネット(サイト名　　　　　　　　)

4.DMハガキ　5.広告、記事を見て(新聞、雑誌名　　　　　　　　)

上の質問に関連して、ご購入の決め手となったのは?

1.タイトル　2.著者　3.内容　4.カバーデザイン　5.帯

その他ご自由にお書きください。

(　　　　　　　　　　　　　　　　　　　　　　)

本書についてのご意見、ご感想をお聞かせください。

①内容について

②カバー、タイトル、帯について

弊社Webサイトからもご意見、ご感想をお寄せいただけます。

ご協力ありがとうございました。

※お寄せいただいたご意見、ご感想は新聞広告等で匿名にて使わせていただくことがあります。

※お客様の個人情報は、小社からの連絡のみに使用します。社外に提供することは一切ありません。

■書籍のご注文は、お近くの書店または、ブックサービス(0120-29-9625)、セブンネットショッピング(http://7net.omni7.jp/)にお申し込み下さい。

囲碁

千恵子、新聞の囲碁欄を切り取って。

千恵子「これ、いる?」

私　「これは必要。囲碁、よろしく」

千恵子「お断りします」

切手

千恵子「年賀ハガキで当たった切手、使う?」

私　「いらない」

千恵子「いつも会社へ来て、切手切手って騒いでるでしょう」

私　「騒いでなんかいないよ」
千恵子「騒いでるじゃない、偉そうに。『そうです』でしょ」
私　「なんとでも言えよ、感じないから」
千恵子「本当のバカね！」

祝儀袋

私　「祝儀袋がないぞ」
千恵子「もっと早く言いなさいよ」
私　「ないからないと言ったんじゃないか。祝儀袋買って、お金を入れといて」
千恵子「何でもかんでもつぶやいてりゃ揃う人と違うんだから」
私　「それじゃあなんて言やいいんだ。江戸時代がうらやましいよ、三ツ指ついて
『はい、かしこまりました』とか言って」

千恵子「何寝ぼけたこと言ってるの、ヤドロクが！」

ハサミ

千恵子「二階にハサミないの？」

私「二階にハサミなんか必要ないからないよ」

千恵子「ハサミ置いときなさい。私は忙しいの、ただ生きてる人と違うの」

私「そう、ただ生きてます。出されたものをちょっとだけ注意して、ただ食べて」

千恵子「何に注意するの？」

私「毒入りかどうか」

千恵子「そのとおり。注意しなさい」

「包丁」

私の置いた包丁の刃が、千恵子の方を向いていた。

千恵子「気を使わないいんだから！　刃物の置き方こんなふうにする人と、何十年も一緒なんだから」

私　「すいません」

千恵子「口ばっかりなんだから」

私　「謝っちゃえ、謝っちゃえ」

千恵子「バカ！」

9

健康

バチ

私　「膝に水が溜まってしまったよ」

千恵子に見せる。

千恵子「奥さんを泣かしたバチがあたったんでしょ」

同情のひとかけらもない。喜んでいる感じ……。

首痛・肩痛

私　「首と肩が痛い」

千恵子「そう、そんならお金全部使って、毎日サウナへ行って、そこで最後まで面倒見てもらえば？　あとくされないように」

私　「最後にボイラーで焼いて、どこへでも処理してくれってか？」

千恵子「思ったよりわかる人ね」

私　「褒めてんの？」

首痛

私　「首が痛くて回らない」

千恵子「そう！　首切ってやろうか？　首と胴、別々にしてあげる！」

私　「治っちゃったよ」

千恵子「恐ろしくなって治っちゃったんでしょ」

寒い日

私、自分の部屋で英語の勉強をしている。

私　「今日は寒くてこっちの部屋にいられないよ」

千恵子「そんならこっちに来なよ」

私　「風邪ひいちゃったよ」

千恵子のいる居間へ移る。

千恵子「早く寝た方がいいわよ」

ニンニクの入った瓶を私に渡す。

私　「この瓶、蓋が固いな！」

千恵子「そんなのも開けられないの？」

私　「これくらい開けられないと、何言われるかわからないからな。——ほれ、開いたろ。それより、寒いから暖房機出せよ」

千恵子「自分じゃなんにもしないんだから。ただ生きてるだけ」

私　「ただ生きてるだけ？　ボーフラじゃないんだから」

千恵子「そんなもんじゃない？」

天袋から暖房機を出してきてくれた。

ピロリ菌

私　「ピロリ菌を除菌する前は、よく胃が痛くて熊の胆《い》錠を飲んだけど、今は全体的に体調がいいよ」

千恵子「それは残念だね、うふふ！　また長生きしちゃうじゃない」

接骨院

千恵子「死んだら戻ってこないでね」

私　「月曜は英語、新年会と一日中忙しいんだ」

千恵子「接骨院ではどこ治療してるの？」

私　「山に行ったときに痛めた足、それと手――」

千恵子「つまらないことばかりして、しょうがないわね。頭の中も治してもらいなさい」

血圧

私　「血圧、高いのかよ。俺なんか血圧高いなんて言われたことないぞ」

千恵子「血圧低いの、いいわね。身分も低いけど」

私「あんた、血圧は高いのに口は軽いね」

背のブツブツ

私「背中にブツブツができたよ。ニンニクサプリのせいかも、また飲み始めたから」

千恵子「皮膚は弱いのね、心臓は強いけど」

風邪

私が風邪をひいたので、千恵子がニンニク入り卵湯を作って持ってきてくれた。

私　「千恵子の愛で治るな」
千恵子「愛なんかない。このバカ殿！」
私　「罵倒が頭にきて、風邪も治るかも」

健康ドリンク

体調を崩したときのために、健康ドリンクを二箱取り寄せる。
千恵子「なんで二箱も買ったの？」
私　「用意周到だろ？　ちゃんと準備しておくんだから」
千恵子「つまんない物ばっかり準備して。死ぬ準備でもしたら？」
私　「それはまだ全然」
千恵子「大切なことよ、どんどん準備しなきゃダメじゃない」

健康診断

千恵子「検査、何やったの？」
私「前と同じ検査だよ。結果は明日」
翌日、検査結果を聞きに行って、私、医者に言う。
私「検査だから私、昨日と今日は酒やめてるんです。女房にそのことを話したら、『毎日検査だといいのに』って言うんですよ」
医者「そうですか。検査がなくても、週二回は休肝日を作りなさい」
私、家に帰って検査結果を千恵子に言う。
千恵子「癌じゃなくて残念ね。もっとしっかり探せって言った？」

中田医院

私　「中田医院、もうやってるかな？」
千恵子「なんで」
私　「風邪ひくと困るから」
千恵子「風邪なんかひくんじゃないよ」
私　「イソジンガーグル（うがい薬）がなくなる頃ひくと、ちょうどいいんだよ、ガーグルもらえるから」

手術

千恵子、目の手術の前日に、真っ白な椿をコップに入れてテーブルの上に置く。

千恵子「この椿、純白できれいね」
私　「これ見てると、俺は恥ずかしくなるよ、汚れてるから」
千恵子「そのとおりね」

癌

病院に知人のお見舞いに行く。
奥さん「お宅は夫婦で商売やっていて、いいですね」
私　「いや、家内は言いたい放題言いますけど」
奥さん「私もそうですけど」
千恵子「奥さんは頭がいいですね」
奥さん「今の医者は『癌です』ってハッキリ言いますから、私、『なんとか夫を助けてあげてください』と、一生懸命祈るように言いました」

私　「うちだったら、『お願いですから助けないでください』だな」

千恵子「『どうぞできるだけ早く逝かせてください、経費がかかりますから』って、一生懸命祈るように言います」

10

我が家

家

私　「昨日、暑くて眠れなかったよ」
千恵子「窓の下側にも窓付けとけばよかったのに」
私　「家は三回建てないと気に入ったものは作れないと言うぞ」
千恵子「一回も新しい家、建ててないじゃない。いつも改修じゃないか。多駄家は言うことは大きいけどやることはチンケね！」

俺の家

私は二階でドンドンと音を立てて剣舞の練習をしていた。

千恵子「ここはあんたの家じゃないんだから、そんなにドンドンやらないで。それより、お昼用意してあるから下へ来なさい」（机をドンドンたたきながら）

私、昼食中に喉に痰がたまったのでゲーッとやる。

千恵子「ご飯食べてるときにそういうことしないで！　常識というものはないの！」

（ツバを吐きながら）

似た者夫婦。

千恵子「ベル直してって、この間言ったでしょ。家のこと少しはしてよ」

私　「昨日、二階を掃除したよ」

千恵子「それは自分で使ってる部屋でしょ。家のこと気を使って自分からやってよ」

私　「ハイハイ」

本棚①

私　「本棚作るよ」
千恵子「勝手にしなさい。何様だと思ってるのよ、多駄の子供のくせに」
私　「おやじとは違うよ。俺の生活だって認めろよ」
千恵子「やりたい放題やって、先行きないくせにそんなの作って。それより掃除しなさい、たまには」
本棚は作ったけど。

本棚②

本棚に地震対策をした日。

千恵子「あれじゃあ掃除するときに動かせないじゃない。お父さんは本箱の下敷きになって死ぬの本望でしょ。地震が来たらすぐ呼んでやるから」

私「保険入ってればいいんだろ。山で、よくお前に押されないで生きてたよ」

千恵子「保険金が少ないからよ」

私「年寄りの遺産を狙う女の『後妻業』ってドラマがあるけど、お前のは本妻業？」

私「うちも昔は古い家で、汚かったよなあ！」

千恵子「トイレ（汲み取り式）がいやだったわ。トイレ見たら結婚してなかったわ。こんな汚い家で、よく結婚する人いたね」

ゴミ①

千恵子「ゴミ出しっぱなしで片づけないんだから！」
私　「二階を片づけたからゴミが出たんだ」
千恵子「ゴミ出さないようにして」
私　「生きてるんだから、しょうがないじゃないか」
千恵子「生きてなきゃ一番いいのよ」

ゴミ②

千恵子「お父さん、ゴミ捨ててきて」（前日に切り落とした植木くず）
私　「ゴミなんか捨てたことないからわからないー」

千恵子「そんなことわからないなんて、生きてる価値ないわよ！　もういい、私やるから」

私「生きてる価値がない？　そんなバカな、俺の名前『イキテル』だけど？」

廃品回収

廃品回収車が回ってきた。

「ご町内の皆様、大変お騒がせして誠に申し訳ございません。こちらは廃品回収車です。ご家庭でご不用になりました、エアコン、テレビ、冷蔵庫。壊れていても構いません、なんでもご相談ください。お引き取りいたします」

千恵子「うちの亭主壊れてんですけど、引き取ってくれますかーって聞いてみようかしら」

私「お前も一緒にって言えば」

車

千恵子「お父さん、車にひかれないように気をつけて」
私　「ひいてくれる人もいないし」
千恵子「ひかれるなら、ちゃんとひかれなさい、金持ちとかに」
私　「お金持ちの人ですか？　って聞いてからひかれるのかよ」

写真

私　「その雑誌、全部見ないで捨てちゃうの？　俺の写真、載ってるかもしれないぞ」
千恵子「写真が載ってたって、そんなの誰が見るの！　自分だけでしょ？」

私　「ああ、まったく悲しいな」
千恵子「何が悲しいの？」

お札《ふだ》

正月のこと。
私　「お札を燃やす缶、ないか？」
千恵子「じゃあ、持ってきてやるか！」
四角い缶を持ってくる。
私　「そんなのダメだ、小さくて」
千恵子「それなら自分で考えろ、私は知らん」
私、大きなペール缶を持ってきてお札を燃やす。風が少し吹いていたが、やがて完全に燃え尽きた。

私　「燃やしたぞ」
千恵子「自分で考えろ！」（まだ怒っている）
私　「ただ『缶ないか？』って言っただけじゃないか」
千恵子「騒ぎ屋！」
この夫婦、正月からさっそく……始まり始まり。

風呂①

千恵子「お父さんはカラスの行水だね」
私　「そうだよ」
千恵子「頭の白いカラスだね」

風呂②

千恵子「たまにはお風呂掃除して！」
私　「すぐやる課、やります」
千恵子「そんなやり方ダメ！　もういい、私やるから」

共同生活

千恵子「椅子の上のバスタオル、勝手にどっかへ持っていかないでよ。椅子が汚れるから掛けてあるんだから」
私　「濡れたから、脱衣所に干しといたよ」
千恵子「あーあ、共同生活ってやーねー」

私　「もう少しお待ちください」
千恵子「お互いにね」

ドア

千恵子「ドア、直してないじゃない」
私　「これはこれで、しょうがないんだ」
千恵子「もういいよ、役立たず。さっさと行きな、目ざわりだから」
思うように行かぬと怒り出す千恵子。

机

私の机で千恵子が何かしている。

千恵子「寝たり起きたりしないで、ずーっと寝てて。邪魔だから」

私　「何してんだよ、俺の机だぞ」

千恵子「ちょっとだけよ、うるさいわね！　少しの間どっか行ってて、あの世でもどこでも。三途の川ってあるでしょ、前もって見てきなさい。さっさと行って」

暑い日

千恵子、会社から帰宅する。私の部屋の窓が閉まっているのを見て。

千恵子「窓開けとけ！　このくそったれ」

私　「くそったれはないだろ！」
千恵子「くそったれの方が早くていい！」

親切な夫

私　「そんな所に上って、危ないよ」（ちょっと親切っぽく言う）
千恵子「そんなら危なくないように、あんたやって」
私、椅子に乗って台所の窓を少し開ける。
千恵子「夜は寝るときに閉めてね」
私　「夜もやるのかよ！」
千恵子「もういいです、講釈師は！」

水筒

私　「ポリの水筒がない、どっかやっただろ！　ないぞ」
千恵子「探す」

しばらく二人で探す。

私　「あった？　千恵子」
千恵子「『千恵子さん』ぐらい言いなさい」
私　「チェコ、チェコ」
千恵子「うるせえ、このバカやろう！」

箱

千恵子「この箱、細かく切っておいて、ゴミに出すから」

そう言ったあとで。

千恵子「たまには家の周りを見てよ、主人でしょ。いつも主人面《づら》して家にいるんだから」

私　「それじゃ、どんな顔してたらいいんだよ。顔は一個しかないんだから」

ゴキブリ

私　「ゴキブリ二匹捕まえたよ。勢いのいいのを」

千恵子「お父さんと違って？」

私　「よかったね、ゴキブリだけでも勢いのいいのが我が家にいて」

羽蟻

私　「おい、小さな羽蟻がいるぞ」
千恵子「お父さんの本、みんな売っちゃいなさい。本もお父さんもいなくなったらすっきりするだろうなあ、羽蟻もいなくなるし」
私　「いなくなるしって、結婚したからここにいるんじゃないか」
千恵子「それは昔のこと」

植木

私　「お習字の先生の家のぶどうの木、植木鉢だけど生き生きしてるね。うちのは
しょぼくれてるから、世話の方法を聞いてみようか」
千恵子「やめた方がいいわよ。どうせやらないんだから。口ばっかりなんだから」

カーネーション

私　「あの皿、なんだ？」
千恵子「カーネーションの鉢の底から水が出るから、その受け皿よ。太郎が母の日に
贈ってくれたの。お父さんは私に何も贈ってくれないじゃない。ただ人をコキ
使うだけ」

私　「コキ使ってなんかいないよ」
千恵子、捨て台詞のあとサッサと部屋を出ていってしまった。

仏壇の花

良子姉の命日。
千恵子「仏様の花、捨てていい？　お父さんが取ってきたやつ」
私　「全部捨てていいよ」
千恵子「全部ね、お父さんもね」
私　「俺はダメだよ」
千恵子「全部って言ったじゃない」

君子蘭

花弁だけが洗面器にたくさん入っている。
私　「君子蘭の花、なんで取っちゃったの？」
千恵子「取っちゃんたんじゃないの、バラバラ落ちたの。もう寿命なの、誰かと同じで」
私　「俺、まだ寿命じゃないよ」
千恵子「そう思ってるのは自分だけ。他人から見たらもう寿命なの」

11

男の勲章

床屋さん①

千恵子「どこ行ってきたの？」
私、自分の頭を指して。
私　「床屋さん」
千恵子「毛もないくせに」
私　「言葉には気をつけなさい、人の心に傷をつけるから」
千恵子「気をつけないもん。どこに傷つくのよ」
私　「ココロ、もう全部傷だらけで、白いところ何もないよ」
千恵子「頭、白いの残ってるじゃない」

床屋さん ②

私　「床屋さんへ行ってくるね」
千恵子「毛もないくせに、どうしてしょっちゅう床屋さんへ行くの」
私　「身だしなみだよ」
千恵子「身だしなみ？　今さらそんなの必要ないでしょ。床屋さん、かわいそう。まけてくれって言ったら？」
私　「そんなこと言ったら余計とられるよ。『一本一本、神経使ってる』って！」

床屋さん ③

床屋さんへ行ってきた日、十歳の孫・マイピーが言った。

マイピー「おじいちゃん、毛がペターッとして、失くなっちゃったね」
千恵子　「金払ったり、毛を失くされたり、そんな床屋さんやめちゃいなさい！」

床屋さん④

私　「俺、頭ボサボサかな？　頭、まだ大丈夫かな？」
千恵子「ダメ」
私　「じゃあ、鏡見てこよう」
千恵子「中身がよ。早く行きな！」

１００満ボルト

千恵子「車でどこへ行ってきたの？　心配するじゃない。どこ？」
私　「言えば文句言うし、言わなきゃいつまでもドコドコ言うし。１００満ボルト
　（電器屋さん）だよ」
千恵子「人ごみの所へあんまり行くんじゃないよ！」
やっぱり文句を言う。
私　「１００満ボルトは、電器屋さんだよ」
千恵子「知ってるわよ、そんなの！」
私　「平日だから、人なんかそんなにいないよ」
千恵子「あんたの頭、光ってるけど何ボルトなの？」

帽子

私　「帽子どこかへ置いてきちゃった。また買わなきゃ」
千恵子「百個ぐらい買って、置いときなさい」
私　「いいのがないんだよなー」
千恵子「何言ってんの、頭の形が悪いくせに。中身も悪いけど」

肖像画

友人の岸本君が描いた私の若かりし頃の肖像画を飾った。
私　「家が賑やかになったね。客が来たらみんな驚くよ」
千恵子「人を上げなきゃいいじゃない」

私「この間、信用金庫の人が上がってたじゃないか」
千恵子「あの絵、あんな所に飾って」
私「昔、岸本君が俺を描いてくれたんだよ。うまいだろ？」
千恵子「じじいみたい」
私「じじいじゃないでしょ、二十歳《はたち》頃の俺だよ。頭に毛もいっぱいあるし」
千恵子「あ、帽子かぶってるんだと思った。私は目が悪くなったし、お父さんは耳が悪くなったし」
私「会話が成り立たないじゃないか」

千恵子「酒ばっか飲んで、いやな夫」
私「人生楽しまなきゃ」

千恵子「楽しみ過ぎよ、働きもしないで。のんきな父さん」
私　「のんきな父さん、毛が三本」
千恵子「あんたの毛は一本でしょ」

悲しい会話

千恵子「毛生え薬かけてるの？」
私　「髪を梳《と》かしてるだけだよ。昔かけたことあるけど、金かかるし、やめたよ。
ハゲるのも男の勲章だよ」
千恵子「勲章だなんて、そんなこと、誰も言ってないでしょ。自分で言ってるだけでしょ」

12

失敗

悪い話

私、千恵子に現金書留の郵送を頼む。
千恵子「お金ちゃんと入れた？」
私「入れたよ。入ってなくても相手は電話してこないよ」
千恵子「私の予想では、相手からはかかってこないと思うけど、もしかかってきたら、『あんた、しっかりしてますね』って言えば」
私「今回は外れたってか」
千恵子、笑って郵便局へ向かう。

バカモン

千恵子「お父さん、ヒーターつけっぱなし！　バカも休み休みやれ！」
私　「お前だって、仏壇のローソクつけっぱなしじゃないか」
千恵子「ローソクはつけておいても損しないからいいじゃない」
私　「自分のときはそういう言い方して。バカだけ余計だ」
千恵子「〝バカ〟じゃない、〝バカもん〟だよ！」
「お互い気をつけましょうね」となぜ言えないのか。

命日

良子姉の命日。

千恵子「三月十三日、私お参りしてきたわよ」

私　「俺はまだしてない」

千恵子「基本ができてないんだから！　偉そうなこと言っても、キホンガデキテナイ
ンダカラ！　聞こえた⁉」

買いたい物

筑波山ロープウェイの列に並んでいると、改札が始まった。

私　「列が進み出したから、花の本買うのやめたよ」

千恵子「下にも売ってるわよ」

ここまではよかったが、次に大声で。

千恵子「見たものいちいち買うんじゃないよ！」

私　「そんなでかい声出すな」

周囲の人に聞こえて、俺は恥ずかしかった。

あとで千恵子にそのことを伝えると。

千恵子「あんたに聞こえないから大声出したんでしょ。それに、そんなこと言ってないわよ」

最大の失敗

千恵子曰く、

「私の最大の失敗は、あんたみたいな人と結婚したこと。金なし・家なし。あるのは姑・小姑そして借金。さらに遊び人ときてるんだから、我慢のしっぱなしよ。ただ生きてるだけのあんたにはわからないでしょ」

黒田さん

千恵子「黒田さんは、初めて会ったとき、優秀だと思ったわ」
私　「今度取締役になるんだって。千恵子は見る目あるな」
千恵子「一つだけ間違えたのは、あんたよ！」

13

老いと忘却

鳥の足は何本？

浜辺を千恵子と散歩する。
私、鳥の足跡を発見。
私　「鳥が浜辺を歩いた跡だね」
千恵子「鳥の足は何本なの？　どれが手足？　サコタン（孫）に聞いてみようか」
本気で言っているのか冗談で言っているのか迷って、何も言えなかった。

鶯の鳴き声

自転車の後ろに孫のマイピーを乗せて走っていると、彼女は私のガラケーをいたずらしていた。

私　「背中で鶯の鳴き声がするから驚いたよ。マイピーに『おじいちゃんができないのに、よく使えるね』と言ったら、『自分の物なのにできないの？』だって」

千恵子「おじいちゃんをバカにして楽しんでるのね、私みたいに」

鍋

私　「や、鍋こがしちゃった、すまん！」

千恵子「謝ってもダメ！　死ね！　おばあちゃんに似てきたわね！」

私、鍋を洗う。

私　「鍋をきれいにしたよ」

千恵子「当たり前よ」

しかし、千恵子もそのあと鍋をこがしていた。

蛍光灯

千恵子「部屋の電気、大きいの二つついてたわよ。小さいの一つにして！」
私　「そんなことないよ、俺知らないよ！」
千恵子「自分でつけたくせに。注意してよ、もったいない。一日中つけておいて」
そして夜になり、寝床からグーグーと千恵子の鼾《いびき》が聞こえてくるので覗いてみたら、電気をつけっぱなしでグッスリ寝ている。かわいい千恵子。

似たもの夫婦

友人の見舞いに行く日。
千恵子「早く出て、中から鍵閉めるから。マヌケな人は早く出るの」

私　「そういうのを一言多いと言うんだ」
千恵子「多くないわよ」
そして千恵子、鍵を閉めて裏口から出てくる。
千恵子「アッ、忘れた！」
そう言ってまた裏口から家に入っていく。
似たもの夫婦だ。同じ穴のむじなだ。

忘却

絵を見て。
私　「この花、何だったっけ？　……あ、君子蘭だ」
千恵子「そうね」
私　「すぐ忘れちゃうんだから」

千恵子「上に立つ者がそれじゃダメじゃない」
私　「上にも立たない、下にはたまにしか立たないし！」
千恵子「やーね！　それじゃもう全部やめちゃいなさい」

ど忘れ

テレビを観ていて、石坂浩二さんの名が出てこない。
千恵子「お父さんもダメね。つぶす！」
私　「つぶすなよ、お前は重いから！　お前は重くていいな、つぶれなくて！　一つくらい俺にだって何か残ってるだろ」
千恵子「剣舞ぐらいじゃダメ。つぶす！」

ボケ始め

千恵子「お互いにボケていくんだから、覚えておきなさい」

私、黙っている。心の中で、「お前がボケても俺は優しくしたい」と思っている。

私「今日は英語習いに行くときに、財布を忘れてしまった。サコタン（孫）を車で迎えに行くときは免許忘れた！　もう一個、何だったか……今日は三つ忘れたよ」

千恵子「明日は二つにしなさい」

ああ、優しい千恵子。

ボケ老人

私　「ただいま」

千恵子「ボケ老人が帰ってきたわね」

私　「ボケ老人のニュースの見過ぎだぞ」

千恵子「お父さん、早く死んで。おばあちゃんみたいに百まで生きてんじゃないよ」

バカ言ってんじゃないよ！

二人でボケ

千恵子「お父さんはボケてんだから。私もボケてるけど。また何か忘れ物しないでよ」

私「忘れてくるんならいいじゃないか？　勝手に何か持ってきちゃうわけじゃないんだから」
千恵子「持ってくる方がいいわよ。今度何かいい物、持ってきなさい」
私「それは犯罪って言うの」

仕事

私、千恵子の内職を手伝う。
私が数えたのを、千恵子が数え直す。
私「俺を信用しないのかよ。お前ズーッと数えてな、明日まで！」
千恵子「私をボケ老人扱いしてんの⁉」
私「違うよ、励ましてんの！」
千恵子「ハゲ増してんのは自分じゃない！」

四人の子持ち

私が息子に言う。
私　「俺は子供たちの誰が好きというのはなくて、みんな平等に思ってる」
千恵子「私は全部嫌い！」
息子は笑っていた。
あとで私が千恵子に言う。
私　「ああいうこと、よく言えるな。全部嫌いなんて」
千恵子「何て言ったか忘れた、そうだった？」
親より子の方が大人。

役に立つ

千恵子「この紐は役に立つのよ」
私　「俺よりか？」
千恵子「そう！　河野さん（社員さん）もこの頃役立たず。そんなんで仕事になるの？　って言ってやった。誰か言ってやらないと目覚めないから」
私　「俺なんか、おかげでいつも目覚めてるよ」

台風の日

私　「河野さん、まだ帰らないのかよ」

千恵子「昔の人は偉いわね、お父さんは別だけど。あんたは自分のことだけやって、あとは何もしないんだから」

私「長く付き合ってれば、なんでもわかるだろう」

千恵子「長く付き合わなくたってわかるわよ、ロクデナシーって！」

河野さんは病み上がり

千恵子「河野さん、最近来るようになったけど、昔と違って掃除そろそろやっている」

私「でも、朝早く来るね」

千恵子「奥さんに、邪魔だから早く出ていけって言われてるんでしょ、お父さんみたいに！」

一言余計

この日、私は午前に労務士、午後に会計士の先生と会う約束をしていた。

千恵子「今日、午前中と午後、誰と会うかわかってるの？ アイピー（孫）も来るし、あんたは忙しい人ね、ボケなくていいけど」

私「ボケなくていいけどが、一言余計だけど」

生き生きしていれば

私「征木先生は普段ボケてるけど、剣舞になると生き生きしてる。人をいじめるのが生き甲斐みたいに」

千恵子「私もそうなのよ」

私　「なんでもいいよ、生き生きしていれば」

14

旅行にて

山へ行く前日

私　「サラミとか持ったか？」
千恵子「飴とチーズあるよ」
私　「そんだけじゃ、遭難したときダメじゃないか」
千恵子「私、肥《ふと》ってるから大丈夫」
私　「お前だけ生き残ったって！　俺、肥ってないもん」
千恵子「腹が出てるでしょ！　生きてなくたっていいじゃない、早く死ねて」
　女は年を取るとだんだんすごみが増してくる。

震災地への旅行

千恵子「この旅行会社のパンフレット見て、東北の震災地応援キャンペーン旅行。二つのうちどっちにする？」

しかし私、黙っている。

千恵子「英語ばかり、一銭にもならないものばかりやって！」

私「なかなか覚えられないからやってるんだろう！」

そして、パンフレットを見る。

私「東北へ行ってやるか」

千恵子「『行ってやるか』じゃないでしょ。行かせていただきますでしょ」

旅館にて

神奈川県の大磯に青鳩を見に行く。

旅館で、千恵子が私のために浴衣のMサイズを出しておいてくれたらしい。

しかし私はそれを知らずに、戸棚から残っている一枚を出して着た。

私　「こんな長いのダメだ！」

千恵子「だからMを出しておいたでしょ。まったくどうしようもない人。どこか遠くへ行っちゃいなさい。だけどいろいろ知ってるから許すけど」

年のせいか、ほんの少し柔らかくなってきた。

旅先での朝

長野県の上山田温泉にて。朝、バス停へ急ぐ。
千恵子「バス停そっちなの？ 旅館の前じゃないの？」
私「火の見の前だよ。昨日ちゃんと番頭さんが話してたろ？」
千恵子、私の後ろからついてくる。
千恵子「まったく知らなかった。これからよろしくお願いします」
結婚四十年で一番しおらしい日。

お寿司

雪の大谷からの旅行帰り、千恵子が寿司らしきものを買っていた。

私　「寿司、買ったただろ？」
千恵子「寿司？　お寿司なんて買ってないわよ」
私、バスの網棚から土産袋を下ろして。
私　「これ、そうじゃないか？」
千恵子「これは押し寿司。オ・シ・ズ・シ」
私　「これ、寿司じゃないのかよ？」
千恵子「これは、オ・シ・ズ・シ」
あくまでも寿司とは言わなかった、頑固者！

外国旅行

私　「スイスへ行くのは人生最後だろう。立つ鳥跡を濁さず」
千恵子「年中濁してるんだから、どーってことないでしょ」

旧友との旅にて

私 「俺、女房に胸グサグサ刺されて何もないよ、まっ白だよ、見せようか？」
旧友「腹は黒いけどね」
私 「女房より悪女だ！」

H25.7.14
マッターホルン
ローデンボンデン
駅にて

15

ソクラテスの妻

ソクラテス

私　「公園にピンクの花、咲いたよ」

千恵子「やっとわかったの？　いつもボーッと歩いてるからよ」

私　「俺はいつも、『人生とは？　哲学とは？』とか考えてるソクラテスなんだよ。だから歩いてるときは、花が咲いたとかそんなチンケなことには気がつかないんだ」

千恵子「偉そうに、大根一本買えないくせに。少しは家のことやったら？」

ソクラテスの妻、千恵子

千恵子「焼きおむすびも焼けないいんだから、バカだったらありゃしない」

私　「よくそんなに言いたいこと言えるね」
千恵子「言うわよ」
私　「ソクラテスの妻だね」
千恵子「何も言わないあんたがソクラテスなんでしょ」
私　「ソクラテスの〝妻〟のことを言ってるんだ（世界一の悪女ということ）。ソクラテスが外で死にそうになったとき、『奥さんをお呼びしますか？』と聞かれたら、ソクラテスは、『あれだけは呼ばんでくれ！』と言った。何言われるかわからんから、と」
千恵子「あんたも死ぬときは遠くでわからないように、知らせないで死んでね」

ひどい女房

千恵子「五十万円おろしてきた。これ持ってどこか行きな」

私「俺が亡くなったらどうするんだよ」

千恵子「野たれ死にすればいいじゃない」

私「死ぬときに、『女房だけには知らせるな。何言われるかわからないから』って、首に看板掛けとくからな」

千恵子「そんな必要ないわよ。『この人、私に関係ありません』って言うから」

バカを楽しむ

私「俺、よく人から『変わらないね』って言われるけど、変わらないということはバカってことかな」

千恵子「そのとおりよ、本当にバカだもの。バカなことばっかりやってるじゃないの」

私「バカをやらせていただいて、ありがたいです」

千恵子「隣に利口がいるからいいでしょ」

現役の頃

私は土曜日の夕方四時から詩吟を習いに行っていた。
千恵子「『あとお願い』って言って出てっちゃうから、あとの人は大変よ」
先　生「私も釣りに行きますけど、やっぱり女房に文句言われますよ」
私　「文句なんてもんじゃない。口で心臓をグサグサ刺されて、もう死んでますよ、私は」

お寺さん

千恵子「お父さん、お寺へいくら持ってったの？」
私　「三万円」
千恵子「この前も五万円、どこかへ持ってったでしょ」
私　「寺は、俺たちもおばあちゃんも最後に世話になるし」
千恵子「あんたのお金、もうないわよ。あんたが死んだら川へ放り投げておくから」
私　「川はやめてくれよ、溺れるから」

スポーツ吹き矢

友　人「私、吹き矢習ってるの」

私　「矢はどうなってるの？」

友人「プラスチックみたいな筒の先に金属のピンが付いてるの。人間に向けると危ないのよ」

私　「じゃあ、うちの女房にだけは教えないでね」

重い槍

私　「俺はビクビク痩せる思いで毎日生きてるんだぞ、千恵子がおっかなくて」

千恵子「何言ってるの、こんなに優しくて思いやりがあるのに」

私　「ははーっ、ごもっとです、閣下！」

公園での説教

「お父さんは、初代にしては遊び人ね」

「あのおじさん見て！　ちゃんと野菜とかいろいろ自転車に積んで買ってきてるじゃない」

「もっと生きることを勉強しなさい。お父さんはいつか一人で生きていかなきゃいけないんだから」

公園で説教された日。優しいね、千恵子。

小出さんの死

千恵子「小出さん、何歳で亡くなったの？」

私　「俺より一つ上だよ、七十六歳」
千恵子「いい年頃で亡くなったね」
私　「いい年頃？　まだ早いんじゃないか？　平均寿命は延びてるんだから」
千恵子「お父さんもそろそろいいんじゃない？」

山村さんち

私　「山村さんち、家を直してるって」
千恵子「父ちゃんが死んだからでしょ」
私　「女は、父ちゃんが死ぬと元気になるね」
千恵子「うちも早く父ちゃん死にな」
私　「言っておきます」
千恵子「彼女にでしょ」

電話①

電話が鳴っている。

私　「電話出な」

千恵子「私への電話じゃないわよ。いないことにしてるんだから」

私　「智美（長女）とか雅美（次女）かもしれないよ」

千恵子「お母さんは死んだ、と言っておいて」

私　「その死んだ人と電話かわってと言われたらどうするんだ」

千恵子「向こうで待ってるって言っといて！」

電話②

千恵子が娘と電話で話している。

「お父さん、子守り（孫の世話）と大守り（老人介護）で英会話の練習できないって悩んでるけど、だけどしっかり酔っぱらって帰ってくるから大丈夫よ」

年賀状の作成

私の書斎で、年賀状の版下を探している。
千恵子「その高い所に他のと一緒に置いたから、そこにあるでしょ」
私　「ないよ、ゴミだらけだよ」

千恵子「ここにあるの全部ゴミだから。あんたもゴミ、死んだら全部一緒に入れてやるから」

私　「今大事なことは版下なの！」

気をつけないと長生きしちゃう

千恵子「近所の男の人、死んだって掲示板に出てたでしょ。あの人、怠け者でいつもブラブラしてて、汚い家に住んでたんだって、パーマ屋さんが言ってたわよ。だから九十二歳まで生きちゃうのよ。お父さんもブラブラしてるから、長生きしちゃうから気をつけなさい」

私　「長生きしちゃ悪いのかよ」

千恵子「悪いに決まってるじゃない」

うるさい女房

千恵子「カセットつけっぱなし、まったく無駄だったらありゃしない」

私　「あっそー。それからあとは何？」

千恵子「死んじまえ！」

雪の日

千恵子が一人で雪かきをせっせとやっていた。

千恵子「私がやったとこ見た？　固くなった雪を半分さらったんだから」

私　「見てないよ、偉いね！　俺はサコタン（孫）と折り紙したりして面倒見てたんだから」

千恵子「一緒に外に出て手伝ってくれたらどう！」
私　「そうか、俺はやはりただ生きてるだけか。それでもただ生きてりゃいいじゃないか！　息吸って飯食って、そしてクソして！」
千恵子「よくないわよ！　食事中よ、キタナイ！」
私　「死んでる方がいいっていうのか？」
千恵子「そうよ、死んでる方がよっぽどいいわよ」

女は怖い

電車の中吊りで、映画『後妻業の女』の広告を見た。
私　「後妻業の映画やるよ、電車の広告で見た」
千恵子「どういう話だっけ？」
私　「次々に男と結婚して殺していくという話」

千恵子「男はバカだからね」

私　「女は魂胆があって優しくするから怖い」

千恵子「私は魂胆ないから、優しくしないから、早く勝手に死んで」

どっちにしても女は怖い。

トルコのクーデター

私　「トルコのクーデターで百六十人殺されたって、ひどいね」

千恵子「あんたも殺されないようにしなさい」

私　「こんなときに、俺、トルコになんか行かないよ」

千恵子「私によ！」

私　「トルコより家の方が怖い」

意味不明

千恵子「お父さんうるさい！　早く死んじまいなさい！　この花、お父さんより伸びるの早いね！」
私　「花と比較するなよ」
千恵子「お父さん、脇が甘くないからなかなかボロ出さないわね」

雨続きのある日

千恵子「靴びしょびしょに濡れてるじゃない。乾かそうとしないんだから。裸足で行きなさい」
私　「裸足の王者アベベ、走ってゆくか」

16

断捨離と終活

断捨離

私　「どんどん物を捨てなきゃ」
千恵子「まず私でしょ」
私　「違うよ、千恵子は私の宝物だよ！」
千恵子「口から出まかせばっかり」
私　「どっかの総理とは違うよ」

終活？

千恵子「カセットデッキ、レコードプレヤー、どんどん捨てて！　使いもしない物もらってきて！　この箱に全部入れて、捨てる準備して！」

私　「死ぬ準備かよ」

千恵子「なんだったら、お父さんも捨ててあげるから」

私　「その箱じゃ入れないよ、ああよかった」

千恵子「工場へ行って大きい箱、探してくるからね」

くわばらくわばら。

いらないもの

千恵子「本、捨てなよ。いらない物ばかり」

私　「俺だけは残しておいてくれよ」

千恵子「お互い、もういらないじゃない」

寝床

千恵子「お父さん、寝ないの？　早く寝なさい、うるさいから」

やっぱり一言多い。

千恵子「お父さん、また戸開けたまま寝てたでしょ！　何回言ったらわかるの！　死んじまえ！」

私「ハイ、死にました。ハイ、また生き返りました」

こそドロ

私、二階から下りてくる。

千恵子「ガタガタ音を立てないで、つま先で歩いて」

私　「俺はこの家に住んでるんだ、こそドロに入ったんじゃないんだぞ。そんなことしてたらこの家にいられないよ」

千恵子「こそドロみたいなもんよ。だったら出ていったらいいじゃない！」

仕事

千恵子、仕事をやめようかどうか迷っているところ。

私　「少しだけ軽い仕事やって、あとは人に任せればいいんじゃない？　何かやってないとダメだよ、おばあちゃんだって何かしら仕事したがってたじゃないか。人のために役に立っているっていう実感が大切なんだから」

千恵子「あんたはどうなの」

私　「俺はずーっと人の役に立ってないから、大丈夫だよ」

千恵子「そうね」

二人で大笑いした。

町の電器屋さん

近所の電器店が商品カタログを持ってきた。

千恵子「『商売やめたんじゃないの？』って聞いたら、『まだやってるよ』って言ってた」

私「お中元も持ってきてくれたりしてるからな、やってるってことだろう」

千恵子「電器屋さんで買う物はないけど、とりあえず父ちゃん下取りに出して、新しい若い父ちゃん持ってきてって言わなきゃ」

私「俺、下取りしてくれないよ。資源ゴミにもならないし」

千恵子「何かの餌ぐらいにはなるでしょ！」

17

幸せのひと時

黒シャツ

私、黒いシャツを着て掃除をしている。
千恵子「黒着てると、痩せて見えるね」
私「見えるんじゃなくて、痩せてるの。うらやましいだろ!」
千恵子「そうね、痩せてかわいそう。痩せたカワウソかわうそう」
私「何だそれ! 駄洒落のつもりか」

我が倅

息子の太郎が風呂を直す。
私「倅はおやじを超えたよ」

千恵子「そうね、お父さんは何もできないし、お金もないし」
私　「お金はあるよ。千恵子に『くれ』と言えば、いくらでも出てくるから」

夫婦とは

私が家で静かに過ごしていると。
千恵子「大丈夫？　静かだけど」
私　「俺が話しかければ『うるさい、静かにして』って言うし、どっちにすればいいんだ！」
千恵子「夫婦ってそんなもんじゃないの？」

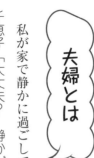

我が女房

千恵子「お父さん、頭いいわね」
私　「頭よくないよ、でも形はいいだろ？　帽子のおかげだよ、ハゲてるから」
千恵子「ハゲは私に関係ありません。かわいいハゲ、ハイハイ」
私　「かわいい千恵子、ハイハイ」
鼻歌を歌って先に寝てしまう千恵子。
私も歌って寝た。
私七十九歳、千恵子七十六歳。

了解

私　「千恵子の名言集を出版してもいいかい？」

千恵子「いいわよ、だけど私の苗字は樋口にしてね。五十年以上も多駄で我慢してたんだもん」

モテない男

千恵子「渡辺謙は何回も結婚できていいね」

私　「俺はめんどくさい。モテる人は諦めが悪いね。俺なんかモテないからずーっと一人といるし」

お前が少しボケてきて、やっと俺を頼りにしてくれるようになって、やっと幸せになってきたよ、ちょっと寂しいけど。

内職

出来上がった内職の品を箱づめしている。

千恵子「お父さん、地震が来てもメチャクチャにならないように箱づめしてね」

私　「大丈夫だよ、地震なんて何も怖くないもん。千恵子の方がずーっと怖いもん」

千恵子「何言ってんの、いい加減に詰めないでって言ってるの！」

孫のマイピーの出る音楽祭を見に行く

私 「サコタン、ユータもいるし、まだずーっと何年もあるな。孫は元気にどんどん大きくなるし、俺はどんどん衰えて小さくなるし、あと十年、大丈夫かなあ……」

千恵子「そんなこと言ったらダメでしょ、金かかってるんだから」

私 「誰が？」

千恵子「あんたがよ！ 自分の好きなことやって金かけてんだから！」

友達

千恵子、私の部屋を掃除しながら。

千恵子「掃除もしないで汚い人は寄ってこないで」

私　「ゴキブリもいるし、ネズミもいるし、蟻んこも、蜘蛛だって百足《むかで》だって来るし、いいだろう！」

千恵子「いいね、たくさん友達がいて」

地震

千恵子「台所にいて、一瞬びっくりした。お父さんいないし」

私　「毎日地震来るといいね」

女房がかわいく思えたとき。

ただ生きる

千恵子「ただ生きてるだけじゃなくて、これ運んで」
私　「ただ生きてるだけでいいじゃないか」
千恵子「あんたは食べるからいけないの、ただ生きてるだけならいいけど」

召使い

千恵子「あれしろこれしろって、私は召使いじゃないわよ」
私　「主人よりいばってる召使いなんかあるか！」

七十二歳にして人間少し丸くなる

私　「千恵子、味付け上手だな」
千恵子「今頃言ってもダメよ」
私　「そういえばそうだな。昔は、『いちいち言わんでもいいだろう。黙って食べてるときは、うまいと思ってるときだ』って言ってたよな。俺も丸くなったな」
千恵子「そうね、丸くて光ってるわね、頭のてっぺんまで」

福引

私　「アイピー（孫）すごいね、また当たったね」

千恵子「二等じゃない」

私　「千恵子は自分で引いたのか？」

千恵子「アイピーだけよ」

私　「お前が自分でやればハズレだろう。俺も当たったことないよ」

千恵子「奥さんには当たったの！」

私　「当たった、当たった。でもそれだけだよ」

千恵子「それだけ当たれば最高じゃない」

男の値打ち

千恵子「お父さんは自分のことばかりして、子供のこととか何もしてこなかったわ」

私　「俺だって仕事したよ。仏像の印刷したし、今でもどこの会社もできないよ」

千恵子「仕事するのは当たり前じゃない。どのくらい儲かったの？」

私　「うーんと……、もう昔のこと言うのやめよう、弁解ぽくなるから」

千恵子「そうね、男の値打ちが下がるわよ」

おばあちゃん

私　「おばあちゃん、昨日おかしかったよ。探し物して一晩中眠れなかったと言ってたよ」

千恵子「『俺が探しといてやる』って言ってあげればよかったのに、いつもホラ吹いてるんだから！」

円満な家庭

次女の雅美に言う。
私　「俺は全部、千恵子に乗っとられたよ」
千恵子「乗っとるほど何もないくせに。その方が円満なのよ」
私　「お前だけ円満だよ」

旧友

千恵子に旧友のことを話した。
千恵子「よくもまあ昔の人と長くずーっと付き合ってるわね！　私なんかどんどん切っちゃうわ」

私　「お前とだって、ずーっと付き合ってるじゃないか」
千恵子「いやだったら切ってもいいわよ！」
私　「もう少し細くなってくれなきゃ、太くて切れないよ」
いつもとにかく漫才だ。

居酒屋さん

私　「飲み屋さんは常連が育て常連がつぶす、って友達が言ってたよ」
千恵子「お前それをどこでやってきた？　と言ってやれば！」
鋭い！

幸せな時間

夏みかんを二人で静かに食べている。実に静かに。
私　「こういうときって、幸せなのかなあ」
千恵子「馬鳥さんとこの夏みかん、また落ちたらもらってくる。口に入って手は使うし、うるさくなくていいでしょ。――幸せってどういうときか、人に聞いてみたら？」
私　「夏みかんを食べてると、女房はうるさくないし、幸せなひと時だってみんなに教えよう」
千恵子「特に落ちた夏みかんをもらって味わうときっていいわね！」
私　「ああ幸せ、天才バカボンみたいに」

女の結婚詐欺が相次ぐ頃

私　「尽くす女には気をつけないとな！」

千恵子「今どき尽くす女なんかどこにいるか！　あんたはよかったね」

私　「おかげさまで」

気味が悪い日

病院へ胸の検査に行った翌日。

千恵子「昨日、自転車で病院へ行ったの？」

私　「いや、駅まで自転車で、あとは電車」

千恵子「遅かったから心配してたんだから」

私「五時にはもう暗くなってたよ」
千恵子「そうでしょ、心配してたんだから」
私「心配なんかするはずないだろ。もっと暗くなれって思ったんだろう？ 雨降らすようなこと言うなよ」
千恵子「本当に心配してたんだから」
気味が悪い、変な日。

私が手の次に足を痛めた。
私「英語で『痛めるのに慣れている』ってなんって言うの？ って先生に聞いたよ。I'm used to pain.」
千恵子「『バカで呆れている』ってなんって言うか聞いてきて」

私　「それはね、My good husband. って言うんだよ」

ザマミロ。

道楽者だから

労務士「社長は偉いですね、スパッと社長をやめて」

私　「私は道楽者ですから、六十五歳になったその日にやめました」

千恵子「その前から、やめるって言ってましたから。この人は本当に道楽者だから、私は苦労しましたよ。よく今まで一緒にいたと思いますよ」

私　「仕事なんて一生あるもんだから、仕事やってたら何もできないですよ。土曜日はいつも、仕事はあってもスパッと『行ってきます』と言って出かけました」

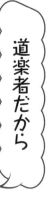

イチゴケーキ

私　「今日はなんだい？　そのケーキ」
千恵子「智美（長女）の誕生日よ」
私　「そういうの、いつも何かあるといいね！　満月だからお祝いしようとか、雨がやんだからお祝いしようとか、沈丁花が咲いたからお祝いしようとか、毎日ケーキ食べられるね」
千恵子「一個じゃ物足りない、もう一個食べなきゃ」
私　「何？　四十個？　そういうのは死ぬ前に食べるんだよ」
千恵子「四十個なんって言ってないわよ、もう一個って言ったでしょ。ついに頭と耳がおかしくなったね」
私　「年とるのはいやだね！」

18

孫とじーちゃん

ハゲがうつる

じーちゃんが孫のマイピー（十歳）に、無理に自分の帽子をかぶせてやった。

「やめて、おじいちゃんのハゲがうつるから」

じーちゃん、自転車でマイピーを自宅へ送ってやる。

マイピー、家に入って玄関の戸を閉める。

じーちゃん、すかさず呼び鈴を押す。「何？」と顔を出す。

「さっきのお返しだ！」

自動販売機

マイピー「ここは百円！　他より安い」

私　「そうなの？」

マイピー「じーちゃんバカなの？　おばーちゃん、ちゃんと知ってるよ」

マイピー「じーちゃんって社長なの？」

私　「昔やってたけど、今はマイピーの父ちゃんが社長だよ」

マイピー「じーちゃん、おいぼれたから？」

私　「やめたの！　おいぼれじゃなくて引退！」

マイピー、手を痛める

マイピー「じーちゃん、私、手が痛い」
じーちゃん、患部を見て触って、マイピーを接骨院へ連れていく。
マイピー「お医者さん、じーちゃんと同じことやってくれたよ」
私　「じーちゃんがお医者の真似をしてたんだよ」
子供は本当によく見ている。

庭木

マイピーを自転車の後ろに乗せて走る。
近所のお寺の庭に植木屋さんが入って木を切り込んであった。

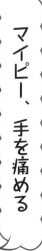

私　「あの木、あんなに切っちゃって寒そうだな」
マイピー「じーちゃんに言われたくないって」
私　「なんでだよ」
マイピー「じーちゃんの方が頭ハゲてるでしょ」
私　「このっ！」

じーちゃんバカでしょ

私　「じーちゃんのこと、おいぼれって言ったろ！」
マイピー「言ってないもん、忘れちゃった。じーちゃんはバカでしょ？　じーちゃん自分で言ってたもん」
じーちゃん、マイピーの尻を軽くぶつ。
マイピー「じーちゃんエッチ！」

まったくこのガキは！　でも孫はかわいいね。

九番目の孫、ユータ

ユータ「おばあちゃん、ケッコンのやつ、見つけたよ、見て！」
　ユータ、千恵子にガラスの指輪を見せる。
千恵子「ステキだね、どうしたの？」
ユータ「拾ったの！　おばあちゃん、おじいちゃんとケッコンしたら？」

おわりに

書き溜めた千恵子の罵詈雑言録を読み返してみて、なるほど自分の不明に気づいた。ゴミの分別、電気釜や洗濯機の使い方もわからずにこれまで来た。これでは千恵子に、「自分の好きなことやって家庭を顧みない。偉そうに！」と言われてもやむを得なかったなと思う。よく五十年以上辛抱してくれた。

私も小ボケになった。少しずつ、捨てるもの、残すもの、整理できるものはしてゆきたい。今後はたくさんの物は抱え込まず、単純に生きたい。雨ニモマケズ――宮澤賢治の詩のように生きていけたら理想である。

千恵子は二〇一九年四月、圧迫骨折で一ヶ月間、七転八倒の痛みに苦しんだ。そのあとも三ヶ月はウーウーとつらそうであった。

「私、お父さんの悪口ばかり言ってたから、バチが当たったのかしら……」

と、しおらしくなった。

でも近頃はまた元気を少し取り戻した。その証拠に、
私「蚊にこんなに刺されたよ！　足にも手にも」

千恵子「バカな蚊だね、マズイ血なのに。私の方がずーっとおいしいのに、毒のカタマリ吸って」

こんなことをすかさず言うまでになった。

昨年、子供の頃に私が保育園に一緒に行っていた、千恵子のすぐ上の姉の幸子さん、そして弟の敏夫さんが亡くなった。一抹の寂しさがあると思うが、長姉の和子さんが千恵子のことを心配してくれている。

千恵子の圧迫骨折は少しよくなってきたが、腰は急に曲がってしまった。

二人とも、ここに来て黄昏てきた。私もよく人の名前が思い出せなくなったりしてきた。

そんなわけで、一日一日を大切にして、千恵子と漫才をやって残りの人生を楽しもうと思っている。

右を向いても左を見ても重苦しいことが多い昨今。時には、世の片隅の小さな家庭のバカバカしい会話を、リラックスして、意味がわかってもわからなくても、楽しんで笑って読んでいただけたら、筆者として嬉しいかぎりです。

この名言録を作ることを千恵子に話したら、

「儲かったら半分よこしな」

と、それだけ言って、あとは関心がなさそうである。お父さんは何をつまらぬことをやってるんだろう、と思っていることだろう。

最近、時には私に優しいこともある。正直うれしいが……千恵子も年かな？

今後も元気のいい罵詈雑言が続くことを願っている。それが千恵子の元気の証しであるから。

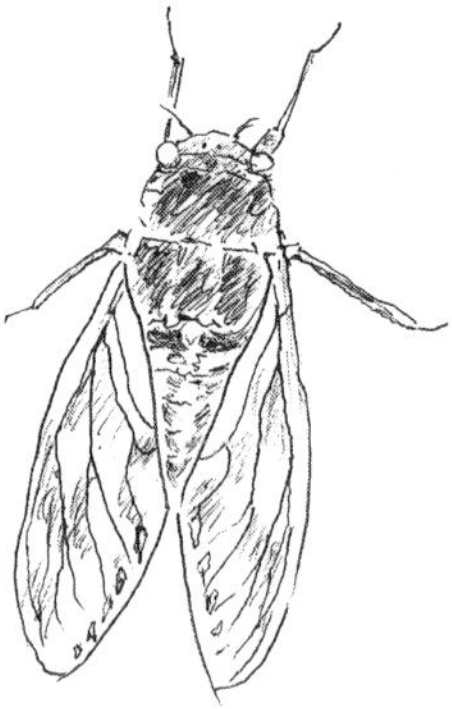

著者プロフィール

多駄 いきてる（ただ いきてる）

1939年、東京生まれ
戦中、信州へ疎開。戦後、10歳の時、東京へ戻る
東京都立京橋商業高校卒
株式会社信栄社勤務
24歳の時、印刷業を開業し3年間続けるも止める
その1年後、曲面印刷業を始めると同時に千恵子と結婚
子供四人、孫九人に恵まれ、65歳にて引退し会社は長男が引き継ぐ
遊び人の中途半端な趣味は、剣舞（教士）、詩吟（師範）、居合（二段）、合気道（初段）、登山、絵画、囲碁
65歳より英会話塾に通い始める
警察署武道始式にて剣舞を4回披露し、署長より感謝状をいただく

吾が愛する妻 千恵子の罵詈雑言録

2020年6月15日　初版第1刷発行

著　者　多駄 いきてる
発行者　瓜谷 綱延
発行所　株式会社文芸社
〒160-0022　東京都新宿区新宿1－10－1
電話　03-5369-3060（代表）
03-5369-2299（販売）

印刷所　株式会社フクイン

ISBN978-4-286-21663-8